LE BOUQUET MONARCHIQUE

RECUEIL DE POÉSIES DIVERSES

AUX BOURBONS

M. [illegible]

À PARIS

À STRASBOURG.

LE BOUQUET
MONARCHIQUE,
RECUEIL DE POÉSIES DIVERSES,
CONSACRÉES AUX BOURBONS.

(C.)

A SON ALTESSE ROYALE

MADAME,

DUCHESSE DE BERRI,

EN LUI OFFRANT LE POËME

DU TRIOMPHE DES LIS, EN 1824.

Princesse que la Providence
Choisit pour relever les destins de la France !
O toi dont les mille bienfaits
Sont le trésor de l'indigence ;
A tes vertus, à tes attraits,
Tu sais, pour nous charmer, unir encor la grâce,

Et la splendeur d'une immortelle race
Revivra dans ton fils, idole des Français.

Cet enfant dans les bras, ô tendre Caroline!
Quand tu t'offres aux yeux ravis,
A côté de l'auguste et royale orpheline,
Que vous faites bénir l'heureux règne des lis!
Vous réconciliez le Ciel avec la France;
Nous respirons par vous le bonheur et la paix,
Et nous contemplons, sous vos traits,
L'ange consolateur et l'ange d'espérance.

Telle l'aurore d'un beau jour
Brille après une nuit d'orage;
L'azur céleste éclate sans nuage
Et la terre sourit d'amour:
Tel un rayon d'espoir, ô Princesse adorée!
Par toi brilla soudain sur la France éplorée!
Alors qu'un crêpe sombre, arrosé de ses pleurs,
Enveloppait son front du voile des douleurs.

«Français! t'écriais-tu d'un accent prophétique,

« Le Ciel me réservait pour finir vos malheurs;
« Saint Louis le promet; de vos Rois l'arbre antique
« Étendra sur vos fils ses rameaux protecteurs. »

Il s'est réalisé ce consolant oracle;
A la Patrie en deuil l'Éternel a souri;
Le Lis, près d'un tombeau, renait par un miracle,
Et nous te devons un Henri.

Pour un bienfait si grand puissent des jours prospères
Émousser dans ton cœur les traits du souvenir!
Puisse l'enfant royal, si riche d'avenir,
Te voir sans cesse heureuse entre toutes les mères!
Vaillant comme Angoulême et de son peuple ami,
Doté des vertus de son père,
Tu le verras un jour au trône héréditaire,
Par Louis et par Charle à jamais affermi.
Des plus brillans destins noble et précieux gage,
Qu'il sera grand ce Roi, formé par tes leçons!
La gloire, les vertus, les hauts faits des Bourbons
Composeront alors son immense héritage.

Je songeais à ton fils, en consacrant mes chants
A ce digne héros dont l'audace intrépide
Terrassait la Révolte aux colonnes d'Alcide;
Daigne par un sourire accueillir mes accens,
Et soutiens d'un regard mon vol encor timide!

VERS

PLACÉS DANS DES TRANSPARENS,

A LA PREMIÈRE NOUVELLE

DE L'ARRIVÉE DE NOS PRINCES.

1814.

Beau Lis! emblême heureux du royaume de France,
Trop long-temps abattu sous les coups du malheur,
En revoyant ta fleur symbole d'innocence,
Nos cœurs s'ouvrent à l'espérance
Et nous renaissons au bonheur.

Nous ne verrons plus sur nos têtes
Planer l'Epouvante et la Mort;
Le seul nom de Louis a calmé les tempêtes,
Le vaisseau de l'état est entré dans le port.

Craignant pour ses plus belles fleurs
L'âpreté des frimas, la grêle meurtrière,
Le jardinier prudent les tient dans une serre
Jusques au retour des chaleurs,
Ainsi les Lis français, aux jours de nos douleurs,
Recueillis, conservés par l'heureuse Angleterre,
Sont maintenant rendus à leur première terre
Et fleuriront plus beaux et plus chers à nos cœurs.

LA FRANCE RÉGÉNÉRÉE.

CHANT LYRIQUE,

MIS EN MUSIQUE PAR M. RODOLPHE;

DÉDIÉ

A S. A. R. MONSEIGNEUR LE DUC DE BERRI.

1814.

Du haut de la voûte éternelle
Un saint Roi nous a secourus;
Il nous rend sa race immortelle
Et le bonheur et les vertus:
Après une horrible tempête,
Noble Lis, je te vois encor!
Le vent qui relève ta tête,
Souffle des régions du nord.

Gémissemens de ma patrie,
Combien vous déchiriez mon cœur !
La terre de la tyrannie
N'offrait point d'asile au bonheur
Tes vœux, formés dans le silence,
Viennent enfin d'être accomplis :
Lève les yeux, ô noble France!
Et sur ton trône vois Louis.

Autrefois un Roi magnanime,
Sans doute inspiré par les Dieux,
Fit remonter Abdolonyme
Sur le trône de ses aïeux :
En ce jour un autre Alexandre,
Plus grand, plus généreux encor,
Combat les Français pour leur rendre
Le bon Louis et l'âge d'or.

Provinces long-temps incertaines,
Ah! faites trève à vos douleurs!
Devant les Lis tombent vos chaînes,
Et les Bourbons sèchent vos pleurs.

O France! sors de la poussière!
Quitte tes vêtemens de deuil:
De Louis tu tiens la bannière,
Qui pourrait blâmer ton orgueil?

LA PAIX.

COUPLETS COMPOSÉS EN 1814.

AIR DU PREMIER PAS.

Chantons la paix;
Que chacun s'abandonne
Au doux espoir, premier de ses bienfaits;
Bénissons tous Louis qui nous la donne;
Que notre amour à-jamais l'environne!
Chantons la paix.

Chantez la paix,
Mères long-temps en larmes!
Elle vient mettre un terme à vos regrets;
Elle vous rend, pour finir vos alarmes,
De vos enfans les baisers pleins de charmes;
Chantez la paix.

Chantez la paix,
Naïves jouvencelles;
Pour vous l'Amour vient d'aiguiser ses traits;
Pour nos guerriers tressez des immortelles;
Comme à la Gloire ils vous seront fidèles;
Chantez la paix.

Lorsque la paix,
Ramenant l'abondance,
Vient préparer le bonheur des Français,
Sachons bannir tout esprit de vengeance,
Et de Louis imitant la clémence,
Vivons en paix.

La France en paix
Avec l'Europe entière,
Sous les Bourbons recouvrera ses traits;
Et nous verrons, sous l'antique bannière,
Comme autrefois libre, loyale et fière
La France en paix.

Vive la paix,
La paix qui nous rassemble!
Et puissions-nous oublier désormais
Des temps affreux dont encore je tremble;
Dans cinquante ans puissions-nous dire ensemble:
Vive la paix!

L'ÉMIGRÉ ET L'ORPHELINE.

ROMANCE. (1815.)

AIR DE LA SUISSESSE AU BORD DU LAC.

J'avais quitté le foyer de mes pères,
Le cœur navré, les yeux mouillés de pleurs;
J'allais foulant des rives étrangères,
Et répétais pour charmer mes douleurs:
Douce patrie,
O mes amours!
Sans toi ma vie
N'aurait point de beaux jours.

J'errais un jour non loin d'un bois antique,
Mon luth plaintif soupirait mes regrets,
Quand une voix tendre et mélancolique
Frappe les airs de ce chant plein d'attraits:

« Douce patrie,
« O mes amours!
« Sans toi ma vie
« N'aurait point de beaux jours. »

Elle ajoutait: « Consolez vous, mes frères!
« Le lis flétri bientôt refleurira;
« Le ciel s'apprête à finir vos misères,
« Avec transport chacun de vous dira:
« Douce patrie,
« O mes amours!
« Sans toi ma vie
« N'aurait point de beaux jours. »

Vers cette voix, palpitant d'allégresse,
J'accours soudain; ô surprise! ô bonheur!
A des Français une illustre princesse
Chantait ces mots, qu'ils redisaient en chœur:
Douce patrie,
O mes amours!
Sans toi ma vie
N'aurait point de beaux jours.

Je reconnus cette auguste orpheline,
Honneur du sexe et fille de Louis;
La France heureuse a revu l'héroïne,
Et moi, je chante enfin dans mon pays:
Douce patrie,
O mes amours!
Sans toi ma vie
N'aurait point de beaux jours.

COUPLETS
CHANTÉS PAR MON FRÈRE,
A L'ÉCOLE MILITAIRE DE LA FLÈCHE,
LE JOUR DE LA SAINT-LOUIS.
1816.

De notre Roi c'est aujourd'hui la fête,
Saluons le de nos hymnes d'amour.
A le bénir que tout Français s'apprête,
Que nos transports signalent ce beau jour!
Louis d'un père a pour nous la tendresse,
Jeunes amis, unissez-vous à moi;
Du fond du cœur chantons avec ivresse:
Vive Louis! vive le Roi!

Lorsque Henri, guidé par la Victoire,
Eut de Mayenne humilié le front,
En souriant aux filles de mémoire,
Il sut encore agrandir son renom ;
Et cette école où le fracas des armes
Se mêle au nom d'un monarque chéri,
Nous la devons, souvenir plein de charmes!
Nous la devons au bon Henri.

Par cent bienfaits Louis marque son règne;
C'est sur la loi qu'il fonde son pouvoir;
Il veut qu'on l'aime et non pas qu'on le craigne,
Et dans nos cœurs nous lisons ce devoir.
Des anciens preux retraçant la franchise,
La loyauté, la noble bonne foi,
Comme Bayard adoptons pour devise:
Tout pour l'honneur, tout pour le Roi.

Oui, comme lui, chérissons la patrie.
Fidélité! sois notre unique loi!
Pour couronner cette fête chérie,
Chantons en chœur, chantons : vive le Roi!

2*

Vive le Roi! que ce cri de la gloire,
Pour les méchans cri d'alarme et d'effroi,
Au champ d'honneur soit un cri de victoire;
Vive Louis! vive le Roi!

A MON FRÈRE,

LE JOUR QU'IL FUT DÉCORÉ

DE LA CROIX DE SAINT-LOUIS.

1817.

Il brille sur ton cœur ce signe révéré,
Des vertus noble récompense,
Au Roi saint et guerrier symbole consacré.
Ce Roi du haut des cieux a veillé sur la France;
Son fils y fait régner la paix et la clémence.
De respect et d'amour à jamais entouré,
Puisse Louis le désiré,
Protégé par la providence,
Au delà de toute espérance
Prolonger son règne adoré!

VERS

SUR LA NAISSANCE DE MONSEIGNEUR

LE DUC DE BORDEAUX.

1820.

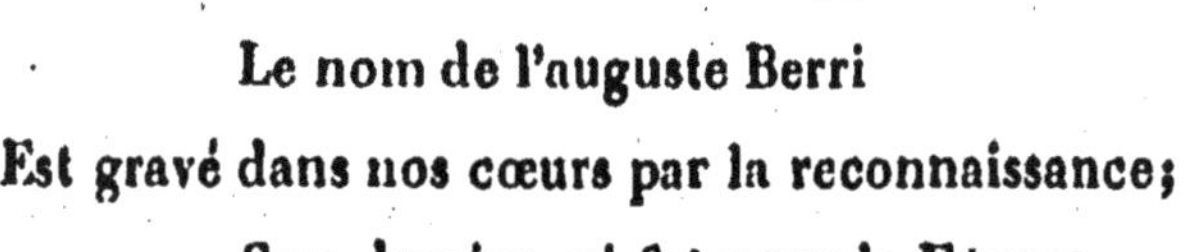

Le nom de l'auguste Berri
Est gravé dans nos cœurs par la reconnaissance;
Son dernier cri fut pour la France
Et pour dernier bienfait il nous lègue un Henri.

Aux cent voix de la Renommée
Français! confions aujourd'hui
Ce cri d'amour du peuple et de l'armée:
Nos cœurs et nos bras sont à lui.*

* Ce dernier vers est sur la médaille qui fut frappée à l'occasion de la naissance de HENRI DIEUDONNÉ.

VERS

PLACÉS PARMI DES BOUQUETS DE LIS,

LE JOUR DU BAPTÊME

DE

MONSEIGNEUR LE DUC DE BORDEAUX.

D'un Lis trop tôt détruit il nous reste un bouton.
Que la main du bonheur l'arrose et le conserve!
Que la Fidélité sans cesse le préserve
De l'orage et de l'aquilon!

Français ne pleurons plus Berri;
De toutes ses vertus il a la récompense.
A l'allégresse de la France
Du haut des cieux il a souri.

CANTATE

POUR LA SAINT-LOUIS.

1823.

Des Bourbons l'antique bannière
Flotte partout en ce beau jour;
Vive le Roi! ce cri d'amour
A réveillé la France entière.
Pour chanter le meilleur des Rois
Amis, ma lyre est toujours prête;
Fière d'être votre interprète
Quels purs accords elle rend sous mes doigts!

EN CHŒUR.

Saint Louis! des Français sois l'ange tutélaire;
Chef d'une race auguste et chère,
Veille sur des jours précieux!
Pour le Nestor des Rois, notre appui, notre père,
Daigne implorer le roi des cieux!

Dans l'exil ta mâle énergie
Louis! triompha des revers;
Tu ne versais des pleurs amers
Que sur les maux de ta patrie.
Pour nous seuls, au sein des malheurs,
Tu fis briller tes droits au trône;
Et de sa main ton Antigone
Comme les tiens devait sécher nos pleurs.

EN CHŒUR.

Saint Louis! etc.

La France a vu tomber ses chaînes
En voyant refleurir ses lis;
Du béarnais, ô bon Louis!
Le noble sang coule en tes veines.
Notre bonheur repose en paix
Sous l'égide de ta sagesse;
Reçois nos vœux, vois notre ivresse,
Et sois enfin heureux de tes bienfaits.

EN CHŒUR.

Saint Louis! etc.

Guerriers que la gloire accompagne
Sur les pas d'un noble Bourbon!
Préservez le de trahison
Le libérateur de l'Espagne: *
Bien sûrs de marcher à l'honneur
En suivant toujours son panache,
Fiers soutiens du drapeau sans tache
Ainsi que nous répétez tous en chœur:

EN CHŒUR.

Saint Louis! des Français sois l'ange tutélaire!
Chef d'une race auguste et chère,
Veille sur des jours précieux!
Pour le Nestor des Rois, notre appui, notre père,
Daigne implorer le Roi des cieux!

* A cette époque le bruit s'était répandu que le prince généralissime avait couru des dangers dans une église incendiée.

LE TRIOMPHE DES LIS,

OU

LES FRANÇAIS EN ESPAGNE,

POÈME HÉROÏQUE EN DEUX CHANTS.

1824.

INTRODUCTION.

Ce poème fut composé au commencement de 1824 et publié dans cette même année; c'est à cette époque que le lecteur doit se reporter pour le juger.

Donnez-moi un levier et un point d'appui, disait Archimède, et je soulèverai le globe : mes leviers sont prêts, disait alors le Génie révolutionnaire, donnez-moi un asile, un point d'appui et je bouleverserai le monde.

Nourri par lui dans les ténèbres, un monstre venait de nous ravir l'excellent prince que le ciel destinait à perpétuer le sang précieux et pur des Bourbons. Dans sa hideuse joie, l'Anarchie s'applaudissait d'en avoir à jamais épuisé la source, quand nous la vîmes jaillir auprès d'un tombeau, sous les ailes d'un ange d'espérance.

Indigné, ce Génie odieux avait abandonné la France avec le sacrilége espoir d'y rentrer pour la replonger dans les larmes. L'Italie lui avait d'abord offert un asile; mais, repoussé par la fidélité victorieuse, il avait fondu sur l'Espagne et allumé au fond d'une île le plus horrible incendie.

L'Europe voit le danger; réveillée par son Roi, la France se prépare aux batailles; un ministre sage autant qu'habile organise une armée imposante et fidèle : un Prince, un héros, *qui allait ressaisir la gloire comme une portion du patrimoine de ses pères* *, marche à la tête de nos phalanges, sûr de ses triomphes, parce qu'il se repose avec confiance sur le Dieu de Saint-Louis.

Ferdinand libre, l'Espagne ravie à un joug odieux, réconciliée avec l'Europe et rendue à son Roi, la révolte expirant dans l'île où elle avait pris naissance, la guerre intestine étouffée, la civilisation raffermie sur ses bases, la France reprenant son immense poids dans la balance européenne; tel fut l'ouvrage d'un petit-fils d'Henri IV, appelé un jour à régner sur elle.

* M. de Châteaubriand, rapport au Roi, 1815.

Dans un récit rapide j'ai célébré ses vertus. Mon ouvrage n'était pas terminé que déjà une multitude de causes imprévues, opposées aux vœux magnanimes de ce bon Prince, amenaient de nouveaux orages sur cette terre malheureuse.*

Mais, je le répète, que l'on n'oublie pas que j'écrivais cet ouvrage sous l'empire des plus récens et des plus heureux souvenirs, dans ces jours glorieux où la haute valeur et les vertus de Monseigneur le duc d'Angoulême, où la belle conduite de notre armée étaient devenues un objet d'admiration dans toute l'Europe; quand des jours de bonheur et de paix brillaient, après une affreuse tempête, sur la patrie de Pélage, quand les Bourbons et les Français étaient bénis dans toute l'étendue de l'Espagne; quand tous les cœurs s'ouvraient à l'espérance au retour d'un souverain qu'avait visité l'adversité; aux jours où le meilleur des Princes ramenait dans notre patrie ses phalanges victorieuses, fières, après avoir servi dans des camps opposés et sous des bannières différentes, de confondre toutes leurs palmes, et de

* Qu'on lise la dernière note de ce poëme, à laquelle je n'ai pas changé un mot dans cette nouvelle édition.

marcher, unies dans les mêmes sentimens, sous le noble étendard des lis.

J'ai consacré deux chants à célébrer ces événemens mémorables; je me suis renfermé dans la fidélité historique et astreint à ne rappeler que ce qui m'a paru le plus saillant dans cette campagne. Elle a été peu fertile en batailles rangées, tout le monde en convient, mais elle est féconde en coups d'éclat. Assurément la prise de la forteresse de Lorca, les affaires de Navalmoral, d'Atafulla, de Llers et plusieurs siéges, tiendront toujours un rang distingué dans nos fastes militaires. Je ne parle pas ici de l'enlèvement du Trocadéro, qui, au témoignage de nos plus illustres capitaines, est une des entreprises les plus hardies qu'on ait vues dans les temps modernes. Dans cette attaque, si fertile en grands exemples, la présence d'un Bourbon avait électrisé toutes les âmes; généraux et soldats tous se sont surpassés. Ils ont rappelé les souvenirs de nos anciens triomphes, et déployé cette intrépidité bouillante qui met le soldat français au-dessus de tous les autres. J'ai donné la forme dythirambique à la peinture de ce brillant fait d'armes.

Je n'ai point voulu négliger dans mes chants,

ce que d'autres poètes avaient dédaigné. Le premier coup de canon de la Bidassoa, qui a ren-

LES FRANÇAIS EN ESPAGNE.

CHANT PREMIER.

« Honneur au Prince dont les plans sont en harmo-
« nie avec le caractère des Français, qui ne voit
« jamais que la victoire ! Traverser l'Espagne pour
« aller attaquer, malgré l'avis de tout un conseil
« de guerre, le *Trocadero* par assaut, est une
« conception digne d'un descendant du vainqueur
« d'Arques. »

(*Histoire de la guerre d'Espagne en* 1823, *par le marquis de Marcillac.*)

Muse ! suspends ton luth cher aux tendres Amours ;
Le front ceint de lauriers, prends la trompette, accours !
Et laisse reposer la flûte bocagère ;
Nos exploits belliqueux recommencent leur cours :
Tu célébras les Lis dans leurs premiers beaux jours,*
A leur nouvel éclat ne sois point étrangère.

* Allusion à des chants consacrés par l'auteur en 1814, à célébrer le bienfait de la restauration.

Que la molle élégie et la chanson légère
Cèdent à de plus nobles chants ;
Que les tiens aux Français soient chers comme la gloire !
Un nouveau Cid et la victoire,
Quels plus dignes sujets réclament tes accens !

Dis la Révolte armée et sa rage homicide ;
Les travaux, les vertus, les soins réparateurs
D'un Prince que rien n'intimide ;
Et des monts de Pyrène aux colonnes d'alcide,
Montre-nous les Français vainqueurs,
Heureux et fiers du héros qui les guide,
Moissonnant des lauriers dans leur course rapide
Et subjuguant partout les cœurs.

Dans un désert affreux [illegible]entourent les ténèbres,
Que n'ont jamais con[illegible]nocence et la Paix,
Un Génie aux ailes funèbres
Habite un horrible palais.
Quelle cour ! quel tyran ! le Crime est son ministre ;
Son sceptre est un poignard, son trône est un tombeau ;
La Révolte obéit à son regard sinistre,

La Discorde à sa voix agite son flambeau ;
Il dut son existence à l'enfer en furie :
Faut-il vous le nommer? ce monstre est l'Anarchie.

Près d'elle, secondant tous ses projets pervers,
On découvre l'Orgueil à la démarche altière,
La Séduction mensongère,
L'Ambition qui prend mille masques divers.
Ces grands ébranlemens qui déchirent la terre ;
Les trônes, les autels croulant avec fracas ;
L'incendie allumé par les feux du tonnerre ;
Les citoyens, souillés des plus noirs attentats,
Contre eux-mêmes s'armant des torches de la guerre ;
Tels sont les noirs forfaits, les spectacles d'horreur
Dont elle aime à repaître et ses yeux et son cœur.
Elle a pris son essor et plane sur l'Europe.
Aux bords de l'Éridan, aux champs de Parthénope,
Vous la vîtes naguère armer les factieux,
Et, chassée à jamais de cet heureux rivage,
Faire soudain frémir le Tage,
Courbé sous son joug odieux.
Tel qu'un souple serpent, ce monstre astucieux

Se glisse parmi vous en déguisant sa rage.
D'abord d'un charme insidieux
Colorant avec art son perfide langage,
Il parle de vos droits, mais c'est pour les ravir,
Et de vos libertés pour vous mieux asservir.
Il atteste souvent la vertu, la sagesse
Et séduit par la nouveauté;
Gloire, patrie et liberté,
Il berce avec ces mots l'imprudente jeunesse;
Mais bientôt, fier de ses succès,
Il marche, conduit par le crime,
Dans la carrière des excès,
Et brave ouvertement tout pouvoir légitime.
Voyez-vous, à sa voix, des tribuns oppresseurs
Transformer tout-à-coup en un champ de carnage
Cette terre héroïque où s'illustra Pélage;
D'odieux proconsuls déployant leurs fureurs;
Une soldatesque insolente
Promenant en tout lieux la mort et l'épouvante?

Connait-on quelque frein quand on s'est parjuré?
Bientôt cette horde sanglante

Brave d'une voix menaçante
Le Roi, dans son palais, de poignards entouré.
Un farouche sénat, des peuples abhorré,
Fonde sur des forfaits sa puissance nouvelle;
De nos affreux revers image trop fidèle!
L'Innocence est proscrite et l'Honneur condamné;
On arrache le prêtre au temple profané;
Le crime règne seul, et la guerre intestine
De l'État aux abois consomme la ruine.

Rois! levez-vous soudain pour la cause des Rois!
D'un peuple gémissant entendez-vous la voix?
A son secours il vous appelle.
Jamais guerre ne fut et plus sainte et plus belle;
La Légitimité revendique ses droits.[*]

Mais aux vœux de Louis l'Europe s'est soumise;
Chargé lui seul du poids d'une vaste entreprise,
Lui seul, il en aura les périls et l'honneur;
La cause des Bourbons aux Bourbons est remise,
Et l'oriflamme brille aux mains de la Valeur.

Louis remet le soin de sa vaillante armée
Au prince que son cœur aime à nommer son fils.
« Va, vole, lui dit-il, vers l'Espagne opprimée ;
« Que le rebelle altier tombe devant les Lis,
« Et qu'un Roi, délivré de tous ses ennemis,
« Recouvre par ton bras son trône et sa puissance.
« L'Anarchie épouvante, ébranle l'univers :
« Frappé des foudres de la France,
« Que le monstre odieux rentre dans les enfers ! »
Ainsi parle Louis : le Prince magnanime
Lève les yeux au ciel et tressaille d'ardeur.
Cent mille combattans qu'un même esprit anime,
Impatiens de vaincre à la voix de l'honneur,
Déjà sur les monts de Pyrène
Attendaient le héros promis à leur amour,
Et souriant d'avance à leur gloire prochaine,
Des hasards, des combats sollicitaient le jour.

Tels qu'on voyait jadis, quand la lice olympique
Tout-à-coup venait à s'ouvrir,
Des athlètes nombreux, palpitant de plaisir
Et dévorés d'une ardeur héroïque,

S'élancer vers le but offert à leur désir;
Tels, et plus prompts encor, s'élancent dans la plaine
Nos brillans bataillons,
Quand leur auguste chef, de la cime des monts,
Des combats leur ouvre l'arène.
Les périls attendent leurs bras;
Mais la Gloire de loin leur montre la couronne.
ANGOULÊME s'empresse, il dispose, il ordonne;
J'entends rouler partout les bronzes des combats;
Et la trompette qui résonne
Des coursiers hennissans précipite les pas.

De quel trait douloureux l'Anarchie est frappée!
« Mon attente, ô fureur! serait-elle trompée » ?
Dit-elle, et frémissant à l'aspect du héros
Sur la Bidassoa déployant ses drapeaux,
A la Séduction qu'aussitôt elle appelle,
Troublée, elle adresse ces mots :
« Viens me servir, ô toi ma compagne fidèle,
« Toi de qui je connais et l'adresse et le zèle.
« Un prince que je hais s'est levé contre moi;
« Ses vertus, son grand cœur éveillent mon effroi

« Mon empire est perdu si ce héros s'avance;
« Cours de ses bataillons, cours ébranler la foi;
« A ces transfuges de la France,
« Armés contre leur propre Roi,
« Souffle, avec mes poisons, ton adroite éloquence;
« Qu'ils marchent sur tes pas; à la défection
« Ils sauront entraîner le soldat qui balance;
« Tiens, voilà l'étendard de la Rebellion! »

Elle dit; sa compagne aux champs d'Irun s'élance;
Là sont tous les bannis; la soif de la vengeance
Dès long-temps consume leurs cœurs,
Mais l'aspect du drapeau redouble leurs fureurs.
Ils partent, et, bravant les soutiens de la France,
Ils profèrent soudain des cris provocateurs.
Bientôt, ô comble de l'outrage!
A la noble fidélité
Ils osent offrir le partage
De leur lâche déloyauté.
Insensés! nos soldats vont les réduire en poudre:
Le nom sacré du Roi s'élève jusqu'aux cieux;
Et soudain, de l'honneur Vallin prenant la foudre,

Anéantit ces factieux.*
L'Anarchie, à ce coup, s'enfuit pâle de rage,
Et méditant encor le meurtre et le carnage,
Dirige vers Madrid son vol séditieux.

Cependant les Français suivent le blanc panache,
Qu'on trouvera toujours au chemin de l'honneur.
Ils ont écrit ces mots sur le drapeau sans tache :
Fidélité, Discipline, Valeur. **

Avec quels transports d'allégresse
L'Ibère accueille les Français !
De Logrono la forteresse
Signale leurs premiers essais ;
Par des fêtes Burgos célèbre
Le héros qui lui rend la paix ;
Le brave Oudinot passe l'Èbre
Et tout présage des succès.

* Le maréchal-de-camp comte Vallin, qui, dans tous les temps, a donné des marques de la plus grande bravoure, commandait les 13e et 14e régimens de chasseurs à cheval et le 9e léger. Il a été promu au grade de lieutenant-général.

** Ces mots sont comme une devise dans le premier ordre du jour de monseigneur le duc d'Angoulême, donné à Bayonne le 30 mars 1823.

Éroles, O'Donnel, au vieux drapeau fidèles,
Marchent, dans la Navarre ainsi qu'en Aragon,
Vers le but glorieux que poursuit un Bourbon.
Nos soldats devant eux ont vu fuir les rebelles
Comme de vils troupeaux que disperse la peur;
Ils s'avancent, bientôt au fond des citadelles
Des milliers d'ennemis enferment leur terreur,
Et l'Ibère respire et trouve le bonheur,
Partout où du héros les phalanges guerrières
Ont arboré des Lis les brillantes bannières.
J'aime à voir, d'un Bourbon secondant le dessein,
Crillon, Bourck, Molitor, Larochejaquelein
Et tant d'autres guerriers si chers à la Victoire.
Les braves de Condé, de Wagram et d'Eylau,
Réunis par l'honneur sous le même drapeau,
Oubliaient leurs débats en confondant leur gloire;
Et le Prince, ravi de cet accord si beau,
De leurs lauriers divers ne formait qu'un faisceau.

Sous les remparts fameux d'une cité fidèle
Molitor a conduit ses bataillons vainqueurs,
Et bientôt Saragosse oublira ses malheurs

Dont la cause est toujours et si noble et si belle.
Naguère l'on a vu ses dignes citoyens,
Armés pour repousser un pouvoir tyrannique,
Opposer aux Français leur constance héroïque
Et sous leurs toits en flamme expirer en chrétiens. *
Maintenant tous ses vœux implorent nos cohortes,
Elle bénit les lis consolateurs,
Glorieuse d'ouvrir ses portes
A des Français libérateurs. [3]

Sur d'autres bords, Moncey, malgré le poids de l'âge,
Va de jeunes lauriers orner ses cheveux blancs,
Et, sous lui, Donnadieu, tout bouillant de courage,
Obtient des succès éclatans.
Qu'est devenu Mina, guerrier si téméraire? [4]
Pourquoi n'attend-il pas un si digne adversaire?
En vain dans l'Aragon Donnadieu le poursuit;
Quand il croit le saisir, tel qu'une ombre légère
Le rebelle s'évanouit. [5]

* Qui peut se rappeler sans attendrissement le dévoûment sublime des habitans de Saragosse dans l'autre guerre, et la messe de leurs propres funérailles, célébrée par eux dans leur camp.

Vers son but à grands pas Angoulême s'avance;
La capitale en pleurs et veuve de son Roi,
Dans ses murs où règne l'effroi,
Appelait à grands cris le noble Fils de France,
Et déjà se livrait à la douce espérance;
Quand soudain, sur ces bords qu'il va fuir à jamais,
Un obscur satellite, avide de forfaits,
Immole à sa furie un peuple sans défense: [6]
L'Anarchie au trépas a voué l'innocence,
Et se désaltère à longs traits
Dans la coupe de la Vengeance.

Habitans de Madrid, suspendez vos douleurs!
Voici le fils d'Henri qui vient sécher vos pleurs;
Le sang qui coule dans ses veines
Est le sang des Bourbons, le sang de votre Roi;
De l'Ibérie entière il vient rompre les chaînes
Et relever les autels de la foi.

Mille cris, s'élançant de la ville royale,
Précèdent du héros la marche triomphale.
Il entre; quels transports! quel glorieux accueil!

La foule, à flots pressés, inonde son passage;
Des cœurs reconnaissans les pleurs sont le langage;
Le peuple a rejeté ses vêtemens de deuil:
Des drapeaux de Louis décorant ses murailles,
Il célèbre un héros si long-temps désiré;
Et des temples l'airain sacré
Mêle ses sons au bruit du bronze des batailles
Pour proclamer ce jour au bonheur consacré.
Ces chevaliers français à la marche héroïque,
Ces balcons décorés de lauriers et de fleurs,
Cette pompe à-la-fois guerrière et pacifique,
Ces danses, ces concerts, ces joyeuses clameurs,
Tout charme les regards, tout enchante les cœurs.
Le calme renaissant ranime l'allégresse;
Ferdinand, cher objet de regrets et d'amour,
Ferdinand manque seul à la publique ivresse;
C'est déjà le bonheur qu'espérer son retour.

Mais tandis qu'un héros, guidé par la prudence,
Rend son glaive à Thémis, au culte sa splendeur;
Que par lui rassemblée, une habile régence
De la légitime puissance

Revêt le pouvoir protecteur;
Un barbare sénat, honte de la Castille,
Poursuivant sans remords ses infâmes complots,
Entoure le Monarque et sa triste famille,
Et d'outrages amers les abreuve à grands flots.
Dépouillant toute honte et toute obéissance,
Ces cortès en fureur accusent de démence
Ce Roi qui noblement résiste à leurs desseins.
Des excès aux excès que la pente est rapide!
O forfaits! ô douleur! une horde homicide
L'entraînant aussitôt sur des bords inhumains,
Ose d'indignes fers charger ses nobles mains....
Dieu de Louis-martyr! un nouveau parricide
Sera-t-il le signal des forfaits des humains?
Je frissonne!.... J'ai vu le poignard régicide!
Grand Dieu! sauve le Roi de ces vils assassins!

Mais, armés pour sa délivrance,
De Ferdinand captif les fidèles sujets,
Secondent ardemment le héros de la France,
Dans ses magnanimes projets.
Guerriers, honneur de l'Ibérie!

Fleyre, Romagosa, Miraillès, O'Donnel,
Et vous tous qu'enflamma pour le trône et l'autel
L'amour brûlant de la patrie! [7]
La Gloire vous réserve un laurier immortel.
Pardonnez, si ma muse, amante du courage,
Ne célèbre point vos exploits;
Ce serait usurper les droits
Des cygnes de l'Èbre et du Tage.
A chanter la fidélité
Ils sauront consacrer leur lyre,
Et leur héroïque délire
Transmettra vos beaux noms à la postérité.
Ils diront tes combats, courageux solitaire!
Ce glaive dont tes mains s'armèrent pour ton Roi,
La Foi te le remit au pied du sanctuaire;
Sur l'impie éperdu tu répandis l'effroi,
Semblable à ces chrétiens, terreur de l'infidèle,
Que le Tasse a chantés sur sa lyre immortelle. [8]

Ces vaillans chevaliers, à nos braves unis,
Célébrant à-la-fois l'Ibérie et la France,
Confondent dans leurs vœux Ferdinand et Louis.

Pour sceller à jamais cette heureuse alliance,
Louis rend à Madrid, noble munificence!
Ces antiques drapeaux que le sort des combats
Mit naguère en nos mains dans ces mêmes climats.
Un choix de nos guerriers, chargés d'ans et de gloire,
Transportent ce dépôt dans le palais des Rois;
Ces étendards, témoins de leurs brillans exploits,
Monument de discorde et prix de la victoire,
Grâce aux vœux généreux du Monarque français,
Sont devenus soudain des emblêmes de paix. *

Cependant Molitor, dans un combat illustre,
A ses faits éclatans ajoute un nouveau lustre;
Loverdo, Bonnemains, vos exploits sont gravés,
Sur les murs de Lorca vaillamment enlevés;
Et la reconnaissance aux pages de l'histoire
De ce jour glorieux confira la mémoire. *

O toi qui des hauts faits chéris le souvenir,

* On lit dans les journaux du 9 juillet 1823 les détails de cette imposante cérémonie et le beau discours prononcé à Madrid par M. de Martignac.

Muse! transporte moi vers le Guadalquivir.
Les Français de Cadix ont touché le rivage;
Des milliers d'ennemis, unissant leurs efforts,
Soudain fondent sur eux, tels qu'un rapide orage;
Mais du nombre et des lieux que leur sert l'avantage?
Ils mordent la poussière ou rentrent dans leurs forts. [10]

Bientôt, dans les vallons que fertilise l'Èbre,
L'écho redit un nom dans nos fastes célèbre:
Intrépide soldat, habile général,
Larochejaquelein signale son courage
Dans un brillant combat aux rebelles fatal. *
Ces bandes qu'on voyait, près des rives du Tage,
Promener dès long-temps le meurtre et le ravage,
Sa valeur les dissipe, et ses heureux succès
Dans ces champs délivrés font bénir les Français. [11]

ANGOULÊME, brûlant d'accomplir son ouvrage,
Aux bords de l'Océan court chercher les combats;
Quelle éclatante ivresse accueille son passage!
De la paix, du bonheur, sa présence est le gage,

* C'est le combat de Navalmoral.

Et tous les vœux suivent ses pas.
Séville, si long-temps à la douleur en proie,
Recouvre, grâce aux Lis, et l'espoir et la joie;
Partout mêmes succès; des villes, des hameaux,
Le peuple court en foule au devant du héros;
Et traversant ainsi la féconde Hespérie,
Bourbon vole arborer ses glorieux drapeaux
Jusqu'aux lieux où les mers baignent Sainte-Marie. *

Son cœur n'est point ému des obstacles nouveaux
Qui devant lui s'offrent en foule;
Sous les feux ennemis, chaque jour qui s'écoule
Le voit, calme et serein, visiter les travaux. **
De ses soldats chéris il écarte les maux;
Sur le champ de bataille il partage leur couche;
Il vit au milieu d'eux, il prévient leurs besoins;
On retient tous les mots qui sortent de sa bouche;
Rien n'échappe à ses yeux, rien n'échappe à ses soins.
Actif, infatigable, il parcourt tous les points;

* Il arriva le 16 août devant Sainte-Marie.

** Travaux de siége à Rota, Puerto-Réal et devant le Trocadéro, dirigés par le Vicomte Dode, lieutenant-général du génie.

Dispose dans Rota son invincible garde,
Avec ces bataillons que guidait Molitor,
Et, sous ces forts altiers que sans crainte il regarde,
Il va, revient, repart et reparaît encor.
L'ennemi, furieux, à sortir se décide,
Et soudain, ne prenant que sa rage pour guide,
Sur nos remparts d'argile, à ses yeux achevés,
Par les soins du génie avec ordre élevés,
Il fond, impétueux comme un torrent rapide;
Mais nos braves, sortis de leurs fossés couverts,
Déployant contre lui leur courage intrépide,
Le forcent à chercher son salut sur les mers. *

Dirai-je en cet instant, prince cher à Bellone!
Les exploits de ces bataillons
Qui couvrent la plaine et les monts
Non loin des murs de Barcelone?
De ses retranchemens Milans toujours chassé,
Devant les Lis fuit et s'étonne,
Et jusqu'aux champs de Tarragone
Nos phalanges l'ont repoussé.

* Sortie du 21 août vigoureusement repoussée.

Cependant le rebelle ose une fois encore
Des combats tenter les hasards;
La soif de se venger l'irrite et le dévore;
Il rassemble, sans bruit, tous ses soldats épars,
Il vient; quel fol espoir le séduit et l'égare!
Vainement des hauteurs à la hâte il s'empare;
Moncey voit ses desseins et rit de son courroux;
Ses ordres sont donnés : fidèle au rendez-vous,
L'Héroïsme a volé sur l'aile de la Gloire;
De nos braves guerriers il enflamme l'ardeur;
L'ennemi plus nombreux et fier de sa valeur,
Long-temps à nos drapeaux dispute la victoire;
Mais il tombe et la cède à Thilorier vainqueur. " *

Laissons pour un moment le tableau des batailles.
Le Bœtis**, sur ses bords, entend des sons plaintifs;
C'est Cadix qui gémit; au sein de ses murailles
Languissent d'augustes captifs.

* C'est l'affaire d'Altafulla qui eut lieu le 27 août. Le colonel nommé ici commandait le 31e de ligne. (Voir la note 12.)

** Ancien nom du Guadalquivir qui se jette dans la baie de Cadix.

Cette belle cité, naguère florissante,
Du sort a connu la rigueur;
Des tribuns forcenés y sèment l'épouvante;
L'audace est sur leur front, le trouble dans leur cœur;
Mais ils déguisent leurs alarmes,
Et, cherchant à cacher la gloire de nos armes,
Ne règnent que par la terreur.
Le Roi de ses sujets pressent tout le malheur;
Il soupire, ses yeux se remplissent de larmes;
Et la Reine et son fils, ces objets pleins de charmes,....
Ils partagent son sort; ô mortelle douleur!

Muse, sur leur triste rivage,
Les nymphes du Bœtis t'ont redit ces tourmens;
Tu t'attendris, des pleurs inondent ton visage;
Ton luth, qu'ils ont mouillé, rend des sons plus touchans;
D'une Reine dans l'esclavage
Il me répète ainsi les douloureux accens:

« Quel sort affreux, ô justice suprême!
« M'ont réservé tes éternels décrets!
« Gloire, bonheur, éclat du diadême,

« Tout est détruit par d'indignes sujets.
« Présageaient-ils un si cruel outrage
« Ce noble hymen, ce peuple ivre d'amour,
« Ces mille cris, ces fleurs sur mon passage?
« C'était un rêve... il n'a duré qu'un jour.

« Bandeau royal que le vulgaire envie!
« Sans toi j'aurais, à l'abri des méchans,
« Coulé mes jours dans ma douce patrie
« Et dans les bras de mes tendres parens.
« Du haut du trône une ligue infernale
« Me précipite en ce fatal séjour;
« Et, fleur ravie à la terre natale,
« En ce climat je n'ai brillé qu'un jour. [13]

Ainsi, non loin des flots gémit sa voix plaintive
Et, comme eux, elle expire au rivage des mers.
Oh! que si je pouvais, ô royale captive!
Pénétrant dans ces murs, à mes désirs ouverts,
Tromper de tes tyrans la vigilance active,
Avec quel plaisir pur consolant tes revers,

Je te dirais : fais trêve à tes chagrins amers ;
Pour essuyer tes pleurs un nouveau Cid arrive ;
Conduit par la Victoire il touche à cette rive,
Il va briser tes fers.

CHANT SECOND.

Pour la quinzième fois, sorti du sein de l'onde,
Le soleil épandait sa lumière féconde,
Depuis que sur ces bords a paru le héros.
Pensif, il observait, devant le Trocadère, *
Ces tours, ces remparts, ces créneaux,
Cette formidable barrière
Que du fougueux Neptune environnent les eaux.
On le voyait, plongé dans un profond silence,
Méditer le péril, sonder la résistance.
Dès long-temps son génie inspiré par les cieux,
A conçu le projet le plus audacieux;

* J'écris en vers *Trocadère* à l'exemple d'autres poètes, et notamment de M. Guiraud.

Vers ses preux rassemblés tout-à-coup il s'avance,
Et montre en leur valeur sa haute confiance;
Que ce moment est cher à des guerriers français!
Le héros voit l'ardeur que sa présence inspire,
De l'attaque soudaine ordonne les apprêts,
Et son front radieux, son auguste sourire
Sont le présage du succès.

Les voiles de la nuit dans les airs se balancent,
L'heure des dangers a sonné, *
Les cœurs ont tressailli, le signal est donné;
Gougeon, d'Escars, Obert, au sein des flots s'élancent;
L'élite des guerriers seconde leurs transports,
L'onde de ses replis enveloppe leurs corps,
Mais au dessus des flots et leurs bras et leurs têtes
S'élèvent, affrontant à-la-fois mille morts,
Et le dieu des combats et le dieu des tempêtes
Ne peuvent, réunis, arrêter leurs efforts. **

* L'attaque du Trocadéro a eu lieu le 31 août, à deux heures et demie du matin.

** L'auteur a essayé de peindre dans ces vers le passage de la *Cortadura*. Les trois généraux nommés ici commandaient chacun une des trois colonnes qui entrèrent les premières dans les eaux.

Quel est ce mortel intrépide
Qui, le premier sorti des eaux,
Le premier atteint les créneaux,
De dangers et de gloire avide?
C'est Carignan, jeune héros
Dont les vieux grenadiers admirent la vaillance;
On le suit, on s'empresse, et bientôt de la France
Sur ces murs élevés brilleront les drapeaux.
Un pont léger est prêt; sur sa flottante voûte
ANGOULÊME s'élance; il passe des premiers
Et, de l'honneur traçant la route,
Est suivi de mille guerriers.
Déjà les assiégés, que tant d'audace étonne,
Cèdent au choc des grenadiers;
Le fer croise le fer, les coups sont meurtriers.
Montferré! d'ennemis un essaim t'environne,
Je te vois un instant parmi leurs prisonniers;
Mais de quels beaux rayons la Gloire te couronne!*
Bientôt les bronzes de Bellone,

* M. de Montferré, capitaine dans le 3e régiment de la garde, dont son père était colonel, fut blessé et un instant prisonnier; il déploya une rare bravoure.

Ravis par nos héros à ces fiers Castillans,
Ont chassé de leur sein le salpêtre qui tonne
Et lancé la mort dans leurs rangs.
Le héros, l'amour de la France,
Semble maîtriser les hasards;
Le nombre cède à la vaillance,
Et l'ennemi, sans espérance,
Vers ses retranchemens s'enfuit de toutes parts. *

Le calme alors succède au tumulte, aux alarmes,
Et le soldat repose, appuyé sur ses armes.

De son éclat oriental
L'aube à peine blanchit les tours du Trocadère,
Et déjà le héros parcourt et considère
Ces fossés, ces marais, cette enceinte guerrière,
Et brave les hasards d'un front toujours égal.

Valeureux Farincourt! déploie encor ton zèle!
A la gloire, aux dangers, c'est Bourbon qui t'appelle.

* N'oublions pas que l'on se battit corps à corps sur les murs et que les artilleurs espagnols se firent écharper sur leurs pièces. Tous les détails où je suis entré sont historiques.

Des dangers? en est-il pour qui sait tout oser?
Non, non; l'honneur français enfante des miracles,
Et tes braves soldats franchissent les obstacles
Qu'à leur bouillante audace on voulait opposer.
Heureux, sous un Bourbon, d'illustrer leur courage,
Ils se sont élancés dans les retranchemens;
Le sang coule, la Mort plane sur tous les rangs,
On se mêle, et le glaive, avide de carnage,
Étincelle, s'agite aux mains des combattans,
Et se fraie un affreux passage
Parmi les guerriers expirans.

Le cri français, signal de gloire,
A retenti sur les remparts;
A nos preux sourit la Victoire,
Et le rebelle fuit devant nos étendards.
Mais le vainqueur ardent le presse, l'environne;
De cent tubes d'airain le formidable bruit
Tout-à-coup résonne;
Le plomb vole en sifflant et le trépas le suit;
Le glaive rapide moissonne,
L'ennemi qui tremble et qui fuit.

Tout cède : au premier rang le Prince magnanime
A volé promptement; sa générosité
Fait entendre ce mot sublime :
Humanité!
Humanité! dit-on d'une voix unanime,
Et l'Espagnol bénit cette insigne bonté!

Tel un coursier fougueux, semblable au trait rapide,
Par l'éperon pressé dévore le chemin;
Il vole vers le but où son maître le guide,
Mais, docile à sa main,
Averti par la bride, il s'arrête soudain :
Telle de nos guerriers l'ardeur impétueuse,
Poursuivait, immolait l'ennemi confondu;
Mais le vœu du héros est partout entendu,
Et le fer meurtrier, à sa voix généreuse,
S'arrête suspendu.

Oh! combien ce triomphe au rebelle est funeste!
D'ennemis fugitifs à peine un faible reste
Se sauve sur le sein de Neptune agité.
D'un fils de Saint-Louis touchante piété!

Bourbon trace ces mots du haut du Trocadère:
« Seul j'ai conçu ce plan; Dieu l'a béni, mon père!
« Le Trocadère est emporté. * »

Les transports du soldat, les chants de l'allégresse
Entourent le héros,
Et toi, Rebellion, d'un long cri de détresse
Tu frappes les échos.
Ils vont tomber sur toi les traits de la vengeance;
En vain tu fais siffler tes serpens odieux;
Des guerriers l'élite s'avance,
Tu ne peux éviter leurs coups victorieux.

Bourbon tient dans ses mains les palmes de la gloire,
Noble prix qu'il destine à l'intrépidité;
Allez les recevoir, enfans de la Victoire,
Montferré, Farincourt, d'Escars, Obert, Conté,
Et vous tous dont les noms vivront dans la mémoire!
Et toi, Prince étranger, qui, cherchant les hauts faits,

* Tout le monde a vu avec admiration, dans les journaux, la lettre de Mgr. le duc d'Angoulême à son auguste Père, écrite du Trocadéro même, au moment qu'il venait d'être enlevé.

Attachas tes destins aux drapeaux de la France,
Des mains des vieux guerriers reçois ta récompense
Et souris de plaisir, car tes premiers succès
T'ont valu le beau nom de grenadier français. *

Mais tandis que ces bords admirent notre armée,
Sur d'autres points fameux, l'active Renommée
Célèbre Lauriston et Ricart et Jamin; [15]
L'étendard des Bourbons flotte sur la Corogne,
Et, du fond de la Catalogne,
Le fidèle Espagnol, qu'éveille le tocsin,
Va joindre au champ d'honneur Érole et Trómelin.
Par nos efforts lassée, enfin Santona tombe,
Et Riégo qui fuit honteusement succombe....

Mais quels cris, tout-à-coup, frappent au loin les airs?
Rayonnante d'orgueil, aux campagnes de Llers
Ma muse belliqueuse en cet instant m'appelle;

* Personne n'a oublié ces épaulettes de grenadier, données par nos braves au brave Prince de Carignan. Qu'il est beau, qu'il est glorieux pour nous de voir un Prince, destiné au trône, se signaler sous un Bourbon et s'honorer du nom de volontaire royal!

Damas! combien la France estime ta valeur!
Dans sa prospérité comme dans son malheur
Ton Roi t'a rencontré fidèle.
Et toi, que dans un piége on a précipité,
Toi que d'un espoir chimérique
De vils transfuges ont flatté,
Pensais-tu, Fernandez, que leur déloyauté
Et leur fureur démagogique
Leur tint lieu d'intrépidité?
Tu succombes bientôt, honteux, déconcerté,
En admirant la valeur héroïque
Des défenseurs de la fidélité.*

Le bruit de ces exploits en peu d'instans circule
Des portes de Figuière aux colonnes d'Hercule;
Là, de brillans lauriers appellent mes accens.

De quel jour glorieux je vois naître l'aurore!
A travers les écueils et malgré les courans,

* Les brillantes affaires de Llers et de Llado ont eu lieu le 15 et le 16 septembre. Tout le monde connaît leurs importans résultats. C'est aussi le 15 septembre que l'infâme Riego fut pris.

S'approchent de Cadix nos vaisseaux triomphans.
L'illustre Desrotours, qu'un noble feu dévore,
Calme, et bravant des forts les bronzes menaçans,
Vers le Santi-Petri s'avance, et le Centaure, *
Géant majestueux, vainqueur des élémens,
A lancé mille fois la foudre de ses flancs.
Guerrier! reçois le prix de ta haute vaillance;
Lève les yeux, et sur ce fort
Vois le pavillon blanc que l'Aquilon balance. **
Heureux marins! bénissez votre sort;
Louis a dit de vous : « Rien ne les intimide;
« Leur conduite admirable annonce à l'univers
« Que le soldat français, dans les camps intrépide,
« N'est pas moins brave sur les mers. *** »

Pour toi cette victoire est un coup de tonnerre,

* Nom du vaisseau qui reçut plus tard le nom de Santi-Petri.

** La reddition du fort Santi-Petri a eu lieu le 21 septembre. On ne saurait donner trop d'éloges aux talens et surtout à la constance dont nos marins ont fait preuve dans cette campagne, où ils ont eu à surmonter toutes sortes d'obstacles.

*** Ce sont les propres paroles de S. M. quand on lui annonça la prise du Santi-Petri.

Sénat de factieux! tes efforts impuissans
Ne peuvent plus cacher nos triomphes croissans;
Adorant d'un héros le noble caractère,
Un peuple généreux, que tu n'as pas trompé,
De nos braves bénit l'audace tutélaire,
Et t'arrache avec eux un pouvoir usurpé.
Quel formidable bruit tout-à-coup t'a frappé?
Sur Cadix consterné c'est la bombe qui tombe;
Ton orgueil s'épouvante, il chancelle, il succombe;
Tu frémis; sur les mers, par un dernier effort,
Tu veux fuir; c'est en vain: nos vaisseaux emprisonnent
Les tiens, enchaînés dans le port;
Tu ne peux éviter ton sort
Et d'affreux périls t'environnent.
Contre nos bataillons qui bravent les hasards,
Dirige encor cent fois tous ces bronzes qui tonnent
Sur tes forts et sur tes remparts;
De ces feux redoublés penses-tu qu'ils s'étonnent?
Le fils de Saint-Louis, intrépide héros,
Poursuit, le front serein, le cours de ses travaux.
En vain la foudre gronde, il brave la tempête,
Et ces globes d'airain, messagers du trépas,

Qui font mugir les airs en menaçant sa tête,
Ne font point chanceler ses pas. [16]
Sous les murs de Cadix sa flotte qui s'avance,
Ses valeureux soldats brûlans d'impatience,
Sollicitant encor les assauts, les combats;
Tout annonce aux méchans l'heure de la vengeance.

Bravant les cieux, insultant à la terre,
Souillés du sang de leurs concitoyens,
De posséder ce pouvoir éphémère,
Qu'ils étaient fiers tous ces Rois plébéiens!

De leur vaisseau le vent enflait les voiles,
De leur triomphe ils se croyaient certains;
La mer propice ainsi que les étoiles
Semblaient sourire à leurs lâches desseins.

Ivres d'orgueil, leur aveugle arrogance
Impunément bravait les souverains:
Mais un héros est parti de la France,
Il a brisé leurs fragiles destins.

Peuple espagnol! pour suspendre tes larmes
Il t'offre un bien que tu croyais perdu;
Tombe à ses pieds; bénis ses nobles armes;
Ferdinand libre à tes vœux est rendu.

Il vient; pour son retour l'esquif déjà s'apprête,
Déjà palpitent tous les cœurs;

Ces bords, tristes long-temps, prennent un air de fête,
Et le Roi voit enfin ses dignes défenseurs.

Prends tes pinceaux, muse compatissante,
Toi qui peignis les royales douleurs,
Prends tes pinceaux! une scène touchante
Vient réclamer tes plus tendres couleurs.

Le peuple accourt et s'avance et se presse,
Couvrant au loin le rivage des mers;
Sur les remparts, doux signal d'allégresse,
L'airain bruyant fait retentir les airs.

Hier encor du haut de ces murailles
Il vomissait et la mort et l'effroi,
Mais aujourd'hui cette voix des batailles
Proclame au loin et la paix et le Roi.

Il a reçu la royale famille
Le frêle esquif sur l'onde balancé;
Les flots émus se courbent sous sa quille,
Et des zéphirs il vogue caressé.

Tous ces drapeaux que la reconnaissance
A couronnés de palmes et de fleurs,
Emblême heureux d'une heureuse alliance,
De deux états mariant les couleurs;

Ce peuple ému, ces mille banderolles
Qui dans les airs s'agitent mollement,
Et ces soldats, ces voiles, ces gondoles,
Pour tous les yeux quel tableau ravissant!

Famille auguste et trop long-temps captive!
Entends ces cris, ces salves, ces concerts;
Et puisses-tu, sur cette heureuse rive,
Trouver l'oubli de tes affreux revers!

Mais la nacelle arrive, ô beau jour pour l'Espagne!
Pour le héros français, ô triomphe flatteur!
Le Monarque attendri le presse sur son cœur,
Et sa noble et douce compagne
Abandonne sa main à son libérateur.
Son front est radieux, son cœur, exempt d'alarmes,
S'ouvre à la pure volupté,

Et cependant ses yeux versent encor des larmes
Qui la rendent plus chère à son peuple enchanté.
Tel un beau lis, courbé, la nuit par la tempête
Et que vient consoler un jour pur et serein,
Plus brillant relève sa tête,
Couverte des pleurs du matin.

Quel moment fortuné! le Roi sur son passage
Voit se précipiter ses fidèles amis;
Ces doux noms Ferdinand, Angoulême et Louis,
Volent de bouche en bouche, et l'écho du rivage
Répète mille fois ces trois noms réunis.

Les enfans de la France et ceux de la Castille
Suivent au temple saint la royale famille,
Et, consacrant ce jour par un chant solennel,
Leurs vœux et leur encens montent vers l'Éternel.
Mais du Roi libre enfin la nouvelle semée
Répand un bonheur pur dans l'Espagne charmée;
D'un joug insupportable à la fin délivrés,
Aux Français, dans leurs bras étroitement serrés,
Partout les Espagnols expriment leur délire

Et tous les sentimens que Louis leur inspire.
Ils bénissent le Prince, ils chantent sa bonté,
Ils portent jusqu'aux cieux sa magnanimité.
A ses libérateurs Cadix ouvre ses portes,
Et Bourmont y conduit nos vaillantes cohortes.

Ces tribuns révoltés, naguère souverains,
Abandonnent ces murs, inutile défense.
Eh bien! que dites-vous, ennemis de la France!
Les voilà ces remparts lointains
Où devait échouer toute notre puissance;
Aux crédules esprits vos oracles certains
En donnaient la folle assurance;
Bourbon a renversé la coupable espérance
Qui flattait vos cœurs inhumains.

Oh! qu'il méritait bien l'auguste confiance
Que Louis avait mise en ses nobles travaux;
Tout Monarque l'envie à nos heureux drapeaux.
Sa rare fermeté, ses exploits, sa prudence,
Ses soins pour le soldat, dont son cœur plaint les maux,
A côté des grands noms le plaçant dans l'histoire,

Font retentir ces cris et d'espoir et de gloire :
C'est l'image d'Henri, le pur sang des héros!
La main du Tout-Puissant le guide et le protége;
L'Anarchie a cessé de nous forger des fers;
Angoulême, effroi des pervers,
A foulé sous ses pieds cette hydre sacrilége,
Et l'a replongée aux enfers.

LA MORT DE LOUIS XVIII
ET L'AVÉNEMENT
DE CHARLES X.
RÉCIT ÉPIQUE.

LA MORT DE LOUIS XVIII

ET L'AVÉNEMENT

DE CHARLES X.

RÉCIT ÉPIQUE.

La pâle Mort planait sur le palais des Rois;
Pour les jours de Louis alarmés tant de fois,
Ses sujets se livraient aux plus cruelles craintes,
Et, se précipitant dans les demeures saintes,
Priaient avec ferveur le dieu des malheureux.
A chaque jour succède un jour plus douloureux;
Et moi, le cœur navré, fuyant loin de la ville,
Chaque jour, je cherchais un solitaire asile
Où j'ensevelissais ma profonde douleur.
L'obscurité des bois plaisait à mon malheur,

Et l'Automne effeuillant sa couronne flétrie,
Compatissait au deuil de mon âme attendrie.

Un soir que, méditant sur le sort des états,
Au fond de la forêt j'avais porté mes pas,
J'implorais en ces mots la divine clémence :
« Toi qui tiens dans tes mains la mort et l'existence!
« D'un monarque chéri daigne épargner les jours,
« Et d'un règne adoré ne suspends point le cours!
« Depuis dix ans, heureux sous sa main tutélaire,
« Nous révérons en lui moins le Roi que le père;
« Du voile de l'oubli couvrant tous nos forfaits,
« Du fond de son exil il nous porta la paix;
« Il essuya nos pleurs, et sa charte immortelle
« Unit la France antique et la France nouvelle.
« Grand Dieu! que ses vertus désarment ton courroux,
« Et puisse un roi si bon régner long-temps sur nous! »

Ainsi mes vœux montaient vers la voûte céleste.
Je ne sais cependant quel avenir funeste
Déroulait devant moi de sinistres tableaux.
Dieu! si Louis descend dans la nuit des tombeaux,

Qui sait si des partis la torche incendiaire
Ne s'allumera point au flambeau funéraire?.
Mon esprit agité songeait au bon Henri;
Mes yeux, noyés de pleurs, voyaient encor Berri,
Et les plus noirs pensers se pressaient dans ma tête
Comme les flots émus que pousse la tempête.

Je m'arrête sans force et je cède au sommeil;
Un songe affreux m'obsède et, pressant mon réveil,
A mon esprit troublé tout entier se retrace:
Je me croyais assis à cette même place,
Lorsque, d'un antre obscur, un bruit confus de voix
S'élève et trouble au loin le silence du bois.
D'une invincible horreur je frémissais d'avance;
J'écarte les rameaux, vers ce lieu je m'élance,
J'entends ces mots cruels: « Louis vient d'expirer,
« Aux coups les plus hardis il faut se préparer;
« Venez, que votre audace en cet instant redouble!
« Dans ces premiers momens de stupeur et de trouble,
« Nos amis, enhardis par l'espoir du succès,
« Vont aujourd'hui sans doute accomplir leurs projets.
« Allons les seconder; répandus dans la foule,

« Frappons! que des Bourbons le trône enfin s'écroule!
« Que le peuple tremblant se soumette à nos coups!
« La douleur est pour lui, la vengeance est pour nous. »
A ces mots, sort de l'antre une horde grossière
De vils conspirateurs qui fuyaient la lumière;
Une féroce joie éclatait dans leurs traits,
Je frissonne et crois voir, leur dictant des forfaits,
Des Clément, des Louvel les ombres homicides,
Agitant dans les airs leurs poignards régicides;
Je me réveille alors et je fuis de ces lieux:
Mais je suis poursuivi par ce songe odieux.

Tout semblait de mon âme accroître l'épouvante.
De Saint-Denis le temple à mes yeux se présente,
Et les sons de l'airain, qu'agite un saint effroi,
M'annoncent trop, hélas! que j'ai perdu mon Roi.
Je pénètre aussitôt dans l'enceinte sacrée,
Là je tombe à genoux; mon âme déchirée
Vers le dieu qui console élève ses soupirs.
Que ces tombes m'offraient de cruels souvenirs!
C'est là que des brigands, souillés d'ignominie,
Dispersèrent des Rois la cendre refroidie;

O sacrilége audace! exécrables forfaits!
Plongé dans ces pensers, combien je gémissais!
Je priais pour mon Roi le dieu bon, le dieu juste;
Lorsque, me ravissant par un prodige auguste,
Sur ces tombeaux sacrés, l'ombre de Saint-Louis
Apparaît tout-à-coup à mes yeux éblouis.
Une croix blanche éclate au haut de sa poitrine,
Son front est rayonnant d'une splendeur divine,
Et des anges légers, planant dans un air pur,
Balancent le saint Roi sur un trône d'azur.

« Rassure-toi, me dit l'ombre majestueuse,
« Rassure-toi! la France, et grande et vertueuse,
« Relèvera son front maintenant prosterné,
« Mais bientôt radieux et de lis couronné.
« Assez long-temps ma race, aux jours de vos misères,
« S'abreuva d'amertume aux terres étrangères;
« Mon trône à mes enfans est pour jamais rendu,
« Et l'espoir des pervers à jamais confondu.
« Oui, des jours de Louis le Ciel fixe le nombre;
« Ses mânes descendront sous cette voûte sombre,
« Et s'emparant sous peu de ce dernier palais,

« Auprès de ses ayeux reposeront en paix :
« Mais ma race en bons rois sera toujours féconde,
« Et le règne de Charle étonnera le monde.
« Les peuples vont sous lui rendre grâce à leur sort;
« Bientôt succèderont aux pompes de la mort
« Des accens de triomphe et des hymnes de gloire ;
« Revole vers Paris; les fils de la Victoire
« Autour de l'oriflamme assemblés en ce jour,
« Jurent aux pieds de Charle un immuable amour;
« Des lauriers de son fils ils couronnent sa tête,
« Et pour son noble front l'huile sainte s'apprête. »

Le Monarque se tait ; soudain mes yeux ravis
Sur son trône éclatant reconnaissent son fils.
Le saint Roi le pressait de sa main paternelle,
Et lui montrait des yeux la demeure éternelle.
Aux parfums de l'encens, aux sons des harpes d'or,
Vers la voûte éthérée ils prennent leur essor;
Tout disparait soudain. Mais ce pompeux spectacle,
Ces célestes accords, ce consolant oracle
S'offrent encor long-temps à mes sens éperdus,
Et le calme et l'espoir à mon cœur sont rendus :

Je bénis, transporté, l'immortelle Sagesse;
Et, long-temps absorbé dans une sainte ivresse,
Mes pleurs reconnaissans, au défaut de ma voix,
Rendent grâce à la main par qui règnent les rois.

Je rentre dans Paris; là le peuple, à toute heure,
Environnait, en pleurs, la royale demeure.
Louis qui fut si grand dans ses prospérités,
Plus grand peut-être aux jours de ses adversités,
A son heure suprême a montré ce courage,
Des héros ses ayeux immortel apanage.
Contre les coups du sort dès long-temps affermi,
Il a reçu la Mort comme un dernier ami.
Quel funeste trépas! quel moment pour la France!
O du droit légitime admirable puissance!
La Royauté se lève, et, chassant tout effroi,
Nous dit: *Le Roi n'est plus, Français, vive le Roi!!*
L'écho va répétant au peuple qui s'empresse
Ce double cri qui sort du sein de la tristesse,
Cri de deuil à-la-fois et de fidélité,
Qui consacre à jamais la légitimité.

Mais quels touchans regrets répand, d'un cœur sincère,
Le monarque nouveau sur les cendres d'un frère!
Qu'à ses heureux sujets sa pieuse douleur
Révèle de vertus et promet de bonheur!
Sa famille de soins et d'amour l'environne.
Qui nous peindra ton deuil, ô moderne Antigone!
Femme forte et sublime, en proie aux longs regrets,
Orpheline deux fois dans ce même palais!
Et toi que Dieu choisit pour nous r'ouvrir la source
Du pur sang des Bourbons arrêté dans sa course,
Qui ne serait ému de voir couler tes pleurs,
Mère auguste d'un Prince idole de nos cœurs?
Il m'en souvient, hélas! en des momens d'alarmes,
Pour consoler nos maux faisant trève à tes larmes,
Tu nous promis ce fils, espoir de nos enfans,
Ce fils, germe fécond de destins éclatans.

Mais c'est encor Louis qui règne sur la France;
C'est la même bonté, c'est la même clémence;
En montant au pouvoir Charles signe un pardon; *
Déjà des malheureux rendent grâce à son nom,

* Ordonnance de commutation de peines.

Et le premier discours de ce digne monarque
De son amour pour nous est la touchante marque :
« De sa royale main il consolidera
« Ce pacte solennel que, sujet, il jura;
« C'est à ce noble but que tendra sa puissance;
« Il met dans ses sujets toute sa confiance. » *
Du sein de ses douleurs, ô consolant espoir!
Sortent ces mots si doux qui savent émouvoir.
Ainsi l'astre du jour, quand le vent des orages
Aux portes d'orient entasse les nuages,
Perçant leur sombre amas, fait luire un rayon pur,
Et les cieux vont bientôt se revêtir d'azur.

Du roi-législateur continuant le règne,
Charles veut notre amour et non pas qu'on le craigne.
Dans le fond de nos cœurs nous lisons ce devoir;
C'est sur nos libertés qu'il fonde son pouvoir;
Peuples! entourez le de respects unanimes.
Ah! si comme Louis il oublia vos crimes,
Faites que, de l'exil perdant le souvenir,

* Réponse de S. M. au discours de la chambre des députés, le 17 septembre 1824.

Il ne retrouve enfin que des jours de plaisir,
Et rendez-lui léger le poids de la couronne.

Mes vœux sont exaucés! pressés autour du trône,
D'un même sentiment pénétrés en ce jour,
Vous formez de vos cœurs une chaîne d'amour.
Plus de divisions; les haines sont éteintes,
La parole royale a dissipé les craintes,
Et les Français, unis d'un lien fraternel,
Bénissent de leur Roi le sceptre paternel.
Il entend les accens de la reconnaissance;
Paris, Paris entier implore sa présence:
Mais à des soins sacrés donnant ces premiers jours,
A ses vives douleurs il laisse un libre cours,
Environne d'honneurs les restes de son frère,
Et leur prépare, en pleurs, une pompe dernière.

Ces devoirs son remplis : il vient enfin le jour
Qui rend Charle aux regards d'un peuple ivre d'amour.
Oh! de ce jour heureux qui dira l'allégresse?
Qui peindra ces transports, ces regards de tendresse,
Ces lis et ces drapeaux, dans les airs, agités,

Et ces cris de bonheur, mille fois répétés?
Le Roi marche entouré des flots d'un peuple immense.
Quelle grâce adoucit l'éclat de sa puissance!
Il sourit, comme un père, à ses heureux enfans
Et brave pour les voir l'inclémence du temps. *
Auprès de lui son fils, qu'adopta la Victoire,
Modeste, veut en vain échapper à sa gloire;
Mais, des bords de l'Adour aux rives du Bœtis,
Ses exploits, ses vertus ont fait bénir les Lis
Et ceint son noble front d'une palme immortelle.
Avec quel juste orgueil à son peuple fidèle
Charle offre ce héros, objet de tant d'amour,
Et partage avec lui le bonheur de ce jour!
Oh! que de mots charmans signalent son passage!
La pluie et la sueur inondent son visage,
Il dit à ses sujets, qu'il voyait s'attendrir:
Je ne me sens mouillé que des pleurs du plaisir. **
Partout même à-propos et toujours même grâce.

* Le jour de l'entrée solennelle de Sa Majesté dans Paris, la pluie ne cessa presque pas de tomber.

** C'est sur le Pont-Neuf, près de la statue d'Henri IV, qu'ont été prononcées ces touchantes paroles, qui rappellent si bien le cœur du Béarnais.

Pieux comme le chef de son auguste race,
On l'entend s'écrier : *Que Dieu soit mon appui!
Sans lui je ne puis rien, je puis tout avec lui.* *

Mais, de notre bonheur pour assurer l'ouvrage,
Il veut d'un peuple libre entendre le langage,
Et soudain, se montrant plus magnanime encor,
A la pensée esclave il rend son noble essor. **
Chaque jour, ô bonheur! chaque jour nous révèle
Quelque nouveau bienfait de sa main paternelle.

Mais pourquoi s'étonner de toutes ses vertus?
Sur le trône ce Roi n'est qu'*un Français de plus!*
N'est-ce pas lui qui vint, alors que la Victoire
Désertait nos drapeaux en pleurant notre gloire,
Montrer les premiers Lis aux regards des Français,
Et verser sur nos maux le baume de la Paix?
Nos champs, alors en fleurs***, souriaient d'espérance

* Paroles adressées par S. M., sur le parvis de Notre-Dame, à Mgr l'archevêque de Paris.

** Ordonnance royale du 29 septembre 1824, qui abolit la censure.

*** Le 12 avril 1814.

Et des plus doux parfums saluaient sa présence,
Tandis que, s'enivrant du plaisir de le voir,
Nos cœurs, long-temps flétris, se r'ouvraient à l'espoir.
Du Prince-chevalier le noble et doux langage
Du bonheur le plus pur fut alors le présage.

Sur le trône avec lui s'assied la loyauté.
Par les flots des partis si long-temps agité,
L'état va reposer sous sa puissante égide
Et bénir le bon roi dont la vertu le guide.
Affable, généreux, protecteur des beaux arts;
Sur leurs pompeux chefs-d'œuvre il fixe ses regards;
A sa voix nos Xeuxis enfantent des merveilles,
Et les fils d'Apollon lui consacrent leurs veilles.

COUPLETS

COMPOSÉS

ET CHANTÉS LE JOUR DE LA SAINT CHARLES.

1825.

AIR : MON PÈRE ÉTAIT, etc.

Sur la France un beau jour a lui ;
D'un bon roi c'est la fête.
A le célébrer aujourd'hui
Tout bon Français s'apprête ;
Chantons les vertus
D'un nouveau Titus
Surtout sa bienfaisance ;
Et du fond du cœur
Disons tous en chœur
Vivent CHARLE et la France !

Faut-il donc, amis, tant d'apprêts
Pour dire qu'on l'adore?
Nos cœurs et nos bras sont tout prêts
A le prouver encore.
L'amour de nos Rois
Était autrefois
Notre vertu première;
Et sous nos Bourbons
Nous retrouverons
Ce noble caractère.

C'est Charles dont l'auguste voix
Vint rassurer la France,
Et qui nous rendit à-la-fois
Le Lis et l'espérance;
Puisse-t-il heureux,
Voir dans tous les yeux
Le vrai bonheur qui brille!
Et que notre amour
Fasse de ce jour
La fête de famille!

NOTES

DES FRANÇAIS EN ESPAGNE.

NOTE 1, PAGE 38.

Gloire, patrie et liberté
Il berce avec ces mots l'imprudente jeunesse.

J'ai cherché à peindre avec énergie les désordres de la licence; mais je suis loin, je le déclare, de faire le procès à ceux qui veulent sincèrement la gloire et les libertés de la patrie. L'homme sage craint à-la-fois l'anarchie et le despotisme, parce qu'il voit plus de points de contact qu'on ne pense entre ces deux oppressions. Il aime à répéter avec le bon Delille:

J'aime la liberté qui n'est pas la licence.

telle est ma profession de foi. Ennemi de tous les excès, je ne saurais voir de bonheur pour mon pays que dans ces libertés légales désormais inséparables du trône des Bourbons d'où sont émanés leurs premiers germes, et naguère le pacte solennel qui les garantit et les consolide à jamais.

NOTE 2, PAGE 39.

La légitimité revendique ses droits.

Il ne s'agit que d'y réfléchir pour demeurer convaincu que la légitimité est la plus grande garantie de bonheur pour les peuples; elle n'a été véritablement créée que dans l'intérêt des nations; elle est le résultat des lumières et l'un des points culminans de la civilisation. Fixer à jamais l'ordre de succession au trône est un de ses grands avantages; c'est par là qu'elle sert de barrière à l'élan des passions tumultueuses et assure le repos. La légitimité unie au gouvernement représentatif, voilà le produit du temps et de la sagesse, et, selon moi, le chef-d'œuvre des conceptions politiques. Le temps viendra où tous les gouvernemens comprendront cette vérité.

Au moment où l'on imprimait cette note, tombe entre mes mains un discours du Nestor de la magistrature française, du premier président de la première cour du royaume, où je lis cette phrase:

(*C'est de M. de Sèze qu'il s'agit.*) « Conservons « comme un dépôt sacré son amour, sa fidélité pour « le Roi, pour nos Princes, pour cette noble race de « Saint-Louis, qui, depuis tant de siècles, fait la « gloire et le bonheur de la France, qui, dans des « temps où la servitude pesait sur l'Europe entière,

« a posé les premiers fondemens de nos libertés par « l'établissement des communes, ...

. . . .

« qui nous a donné *le gouvernement représentatif, la « plus belle, la plus haute des conceptions de l'esprit « humain, conception sublime, qui, par l'heureuse al- « liance des prérogatives de la Couronne et des libertés « publiques, attache le bonheur des peuples à la sta- « bilité des trônes.* »

(Discours de M. Henrion de Pensey, le jour de son installation.)

NOTE 3, PAGE 45.

Glorieuse d'ouvrir ses portes
A des Français libérateurs.

« Une armée qui n'avait plus à prendre des leçons d'héroïsme s'est pénétrée tout entière des vertus d'un fils de Saint-Louis, d'un chevalier du 19e siècle, qui recommence les jours du Cid et de Duguesclin. L'héroïque et fidèle Saragosse aura deux fois, représenté la gloire et les vœux de l'Espagne; la première fois, en formant de chacune de ses maisons une citadelle pour résister au conquérant, et la seconde, en ouvrant ses portes aux libérateurs de son Roi. »

(Extrait du Discours adressé à Sa Majesté, par M. Lacretelle jeune, président de la députation de l'Académie française, à l'occasion du 3 mai.)

NOTE 4, PAGE 45.

Qu'est devenu Mina, guerrier si téméraire?

« Mina, né dans un village de la Navarre, était fils d'un laboureur. En 1808, son neveu, étudiant à Logrono, ayant levé un corps franc pour s'opposer aux troupes de Bonaparte, Mina le suivit; il lui succéda dans le commandement de ce corps franc et se distingua. Nommé colonel par les Cortès, en 1811, et promu au grade de général par la régence, il exprima des opinions d'un libéralisme exagéré et fut renvoyé en Navarre. Là, il tenta de corrompre la fidélité des troupes; mais son projet ayant échoué, il fut obligé de chercher un refuge en France. Rentré en Espagne lors des événemens de l'île de Léon, les Cortès le chargèrent d'un commandement. Mina n'avait pas, à parler exactement, des talens militaires; mais la connaissance profonde du pays, sa longue habitude de la guerre de partisan pouvaient le rendre redoutable aux troupes qui lui seraient opposées. »

(Récit des opérations de l'armée française en Espagne, par M. Capefigue.)

J'ai emprunté à cet ouvrage quelques notices biographiques qu'on ne trouvera pas, je pense, sans intérêt.

NOTE 5, PAGE 45.

. . . . . . Tel qu'une ombre légère
Le rebelle s'évanouit.

Après avoir représenté Mina fuyant sans cesse devant le brave Donnadieu, j'avais exprimé dans les vers qu'on va lire son retour inopiné sur Vich, où il crut surprendre notre avant-garde :

Il reparaît soudain, croit nous surprendre à Vich,
Et sur notre avant-garde il fond tel qu'un orage ;
Du nombre il avait l'avantage,
Mais il rencontre Salpervick.

J'ai supprimé ces vers dans mon poème, d'après le conseil de la critique ; je les rétablis ici parce qu'ils rappellent la bravoure d'un des meilleurs officiers de l'armée, le colonel du 8e régiment de ligne, qui surpris le 26 mai devant Vich avec un seul bataillon et 400 espagnols commandés par le brave Romagosa, mit 4000 hommes dans une déroute complète.

NOTE 6, PAGE 46.

Un obscur satellite, avide de forfaits,
Immole à sa furie un peuple sans défense.

C'est Zayas à qui le gouvernement de Madrid fut confié après le départ du comte de l'Abisbal.

Une lettre d'un témoin oculaire, écrite de Madrid

le 30 mai, et insérée dans les journaux du 6 juin, renferme ce qui suit:

« Le général Bessières qui ignorait que les Français, d'après une convention, ne dussent entrer à Madrid que le 23 mai, fit annoncer à Zayas, le 20, qu'il entrerait dans la Capitale. Zayas répondit qu'il le pouvait, et qu'il allait donner des ordres pour le recevoir.

« Une partie du peuple de Madrid, à cette nouvelle, se porta à la rencontre de Bessières, hommes, femmes et enfans, avec des instrumens et des palmes dans les mains. Au retour, à la porte d'Alcala, deux pièces chargées à mitraille, et masquées jusqu'alors, firent feu sur le cortége, et la cavalerie constitutionnelle chargea ces malheureux, et égorgea sans pitié tous ceux qu'elle put atteindre. Bessières perdit 100 hommes environ, et les habitans de Madrid 300 de leurs frères, pères, époux, enfans. »

NOTE 7, PAGE 49.

Et vous tous qu'enflamma pour le trône et l'autel
L'amour brûlant de la patrie!

Je n'ai nommé que quelques-uns des généraux espagnols. Dans cette note et la suivante, j'emprunte à la relation déjà citée, des renseignemens sur plusieurs d'entr'eux.

« Le baron d'Éroles et le comte Charles O'Donnel

appartenaient aux familles les plus illustres de l'Espagne; possesseurs de grandes fortunes, ils n'avaient pas cessé de les sacrifier pour la cause de la monarchie.

« O'Donnel avait quelque chose de chevaleresque, un courage presque imprudent; jamais, disait-il souvent, il n'avait calculé le danger qu'après qu'il était passé.

NOTE 8, PAGE 49.

Semblable à ces chrétiens, terreur de l'infidèle,
Que le Tasse a chantés sur sa lyre immortelle.

Il est question ici d'Ambroise Maragnon, plus connu sous le nom du *Trappiste*. L'enthousiasme, les passions, l'esprit de parti l'ont peint sous des couleurs bien différentes. Quoiqu'il en soit, c'est un personnage bien extraordinaire; voici ce qu'on en a dit dans l'ouvrage cité plus haut: « Il avait passé une partie de sa vie dans les camps, une autre au milieu des austérités d'un cloître. Né avec une âme ardente et un esprit inflexible, il ne put voir, sans indignation, la conduite des Cortès; convaincu que la religion était attaquée dans ses bases par cette assemblée factieuse, il prit les armes pour sauver les autels menacés, et son exemple entraîna un grand nombre de paysans espagnols. Le Trappiste, insensible aux honneurs d'un monde qu'il méprisait, refusa tout commandement; plein de l'humilité monastique, il obéissait au milieu des camps, aux ordres de son supérieur, comme s'il eût été dans le cloître.

Personne ne montra plus d'intrépidité et de sang-froid dans les combats, plus de modestie après la victoire; il exerçait sur le soldat un ascendant mystique et impérieux qui commandait la victoire. Il était réservé à l'Espagne de produire un caractère aussi grand et aussi singulier. »

« Après lui, l'un des hommes les plus étonnans que le dévoûment avait mis à la tête de l'armée royale espagnole, était le général Quesada, remarquable surtout par sa franchise et par ses talens, comme chef de partisans. »

Je ne puis m'empêcher, avant de laisser ces guerriers, de reproduire ici les dernières lignes d'une lettre que Charles O'Donnel écrivit le 1er septembre 1822, au moment d'entrer en campagne, à son frère le comte de l'Abisbal :

« Nous sommes encore quatre frères qui viennent de « se partager la justice et la perversité, le roi et ses « ennemis. Joseph et moi, nous appartenons heureu- « sement à la classe des sujets fidèles, et Alexandre et « toi, vous êtes vendus à la faction régicide, composée « des hommes les plus vils et les plus criminels. Pour « nous, nous défendons la cause de Dieu, les droits du « trône et la véritable liberté de la patrie; mais vous, « vous défendez l'arbitraire, l'immoralité, l'irréligion...

« Dieu veuille te rappeler, mon cher Henri, à de « meilleurs sentimens ! »

(Cette lettre est authentique, elle se trouve dans l'excellent ouvrage de M. Clausel de Coussergues, intitulé : *Considérations sur la Révolution d'Espagne*, page 54.)

NOTE 9, PAGE 50.

Et la reconnaissance aux pages de l'histoire
De ce jour glorieux confira la mémoire.

L'enlèvement de la forteresse de Lorca par le maréchal Molitor, eut lieu le 13 juillet, c'est sans contredit l'un des plus beaux faits d'armes de cette campagne. Les généraux Loverdo, Bonnemains et Buchet s'y couvrirent de gloire. Rien n'est comparable à la valeur que déploya la compagnie des carabiniers du 6e, commandée par le capitaine Cousin. Des Français seuls sont capables de tels coups de main; c'est en s'élançant au pas de course et sous un feu très-vif, que ces braves arrivent à la première barrière qui est enfoncée par un sapeur. On les voit se jeter, avec l'impétuosité de l'éclair, sur les traverses et les garde-fous du pont-levis qu'ils parviennent à abattre. Ce coup audacieux décide la reddition d'une garnison de 530 sous-officiers et soldats, 35 officiers, et met au pouvoir des Français 18 canons et 1,200 fusils.

Le même jour, Morillo, se réunissant au comte Bourk, rentrait au chemin de l'honneur, et une sortie de la garnison de Barcelonne était vigoureusement repoussée, sous la direction du comte Curial, par deux bataillons du 32ᵉ et du 60ᵉ, commandés par les braves colonels Monk-d'Uzer et Tolosé.

La prise de Lorca détermina la fuite de Ballesteros, la désertion de deux de ses régimens, et enfin amena la brillante affaire de Campillo-de-Arenas, où il joua de son reste, et épuisa inutilement toutes ses ressources contre la valeur française, ce qui entraîna sa soumission. C'est dans ce dernier combat que MM. de Choiseul et Séran, colonels des 10ᵉ et 19ᵉ de chasseurs, firent les charges les plus brillantes, et que la cavalerie ennemie, composée de vieux soldats, fut entièrement culbutée. Les généraux Domon, Pelleport et Saint-Chamans montrèrent la plus rare bravoure.

Des ennemis de notre gloire ont osé avancer que Ballesteros se laissa séduire! Quelle effronterie! La vérité est qu'il n'a pas pu résister, malgré ses vieilles troupes, à la valeur des Français et aux savantes manœuvres du maréchal Molitor.

NOTE 10, PAGE 51.

Ils mordent la poussière ou rentrent dans leurs forts.

Le 16 juillet 1823, à cinq heures du matin, les ennemis sortirent de l'île de Léon, de la Caraca et du Trocadéro, au nombre de 9,000 hommes. Les sages mesures du lieutenant-général vicomte Obert, qui eut un cheval tué sous lui dans l'action, et la bravoure des maréchaux-de-camp Bethisi, Carignan et Gougeon, qui n'avaient à opposer à l'ennemi que des forces bien inférieures, le culbutèrent sur tous les points. Les braves du département de l'Hérault, commandés par le colonel Montcalm, se sont particulièrement distingués dans cette affaire.

NOTE 11, PAGE 51.

Dans ces champs délivrés font bénir les Français.

Le comte de Larochejaquelein, frère de Larochejaquelein, si célèbre dans les annales vendéennes, est celui dont il est ici question. Il a servi dans les armées françaises, et a fait, en qualité de sous-lieutenant des carabiniers, la campagne de Moscou, où il fut fait prisonnier. Nommé colonel des cuirassiers de la garde, lors de la restauration, il a été ensuite promu au grade de maréchal-de-camp.

NOTE 12, PAGE 54.

Long-temps à nos drapeaux dispute la victoire,
Mais il tombe et la cède à Thilorier vainqueur.

L'affaire d'Altafulla, dont on peut voir les détails

dans le rapport officiel du 28 août 1823, est une des plus importantes qui aient eu lieu dans la Catalogne; Milans s'y battit en désespéré, mais elle fut comme son coup de grâce et conduisit les Français devant Tarragone. Le 1er léger et les 31e et 18e de ligne, commandés par les colonels Thilorier et Fitz-James, s'y sont éminemment distingués. Le colonel Roussel, et le chef de bataillon Faucher, du 31e, sont cités avec les plus grands éloges.

S'il était entré dans mon plan de décrire les combats qui ont eu lieu dans toute l'étendue de la Catalogne, avec quelle satisfaction n'aurais-je pas rappelé les généraux Saint-Priest, Laroche-Aymon, Latour-Dupin et plusieurs autres, et cité les actes de bravoure des colonels Monk-d'Uzer et Dalvymare! Si j'étais entré dans les détails, avec quel plaisir n'aurais-je pas cité, surtout dans ce brave 6e léger, des capitaines, des officiers qui ont déployé le plus grand courage, et avec qui je m'étais lié d'amitié, quand je partageais leurs fatigues sur les Pyrénées, pendant la durée du cordon sanitaire!

NOTE 13, PAGE 56.

Et fleur ravie à la terre natale
En ce climat je n'ai brillé qu'un jour.

Quel cœur endurci ne s'attendrirait pas sur le sort

de cette Reine infortunée! Elle délaisse le foyer paternel, et une cour heureuse où l'environnaient les caresses, les honneurs et les plaisirs; elle met un espace de trois cent cinquante lieues entre sa terre natale et sa nouvelle patrie, et les charmes qui environnèrent son enfance et sa jeunesse font place à une existence et à un état qu'elle ignore. Un sort flatteur semble cependant lui sourire; ses sujets l'entourent de fêtes et d'hommages; elle arrive au trône par un chemin de fleurs. Mais, ô revers! un orage se lève soudain, ses rêves de bonheur s'évanouissent; on dirait qu'au flambeau de l'Hymen se sont allumées les torches de la Discorde. Regrets, douleurs, abandon, un cachot au lieu d'un trône, tel est son sort. Portez maintenant envie au diadême qui décore sont front innocent. Quel abîme de réflexions! que ce contraste réveille de sombres souvenirs dans le cœur des Français! eux qui ont vu leurs vertueuses princesses abreuvées de tant d'amertume. Hélas! l'une d'elles n'a-t-elle pas ainsi quitté naguères les embrassemens paternels et la terre natale pour venir chercher des douleurs inconsolables dans une patrie nouvelle? Le malheur se rit des couronnes, et l'on s'écrie avec l'un des plus grands génies des temps modernes : « Des Reines ont été « vues pleurant comme de simples femmes, et l'on « est étonné de la quantité de larmes que contiennent « les yeux des Rois. » (Chateaubriand, *Atala.*)

NOTE 14, PAGE 64.

Allez les recevoir, enfans de la Victoire,
Montferré, Farincourt, d'Escars, Obert, Conté!

Je n'ai nommé qu'un Montferré, mais le père et le fils se sont couverts de gloire; le premier, qui était colonel du 3e régiment de la garde, est maintenant maréchal-de-camp. Il déploya le plus grand courage à la prise du Trocadéro, où son fils, capitaine au même corps, fut blessé, et un instant prisonnier.

Conté, capitaine au 36e de ligne, fut blessé, et perdit tous les officiers de sa compagnie dans l'attaque des maisons du Trocadéro où le colonel Farincourt se couvrit de gloire.

NOTE 15, PAGE 65.

Sur d'autres points fameux, l'active Renommée
Célèbre Lauriston et Ricart et Jamin.

Le maréchal et les généraux nommés ici, étaient devant Pampelune et Saint-Sébastien. J'aurais retardé la marche rapide de ce poëme, si je m'étais étendu sur les travaux de siége et de blocus; je n'ai dû que les indiquer. Les corps qui ont été appelés à les former, ont eu de nombreuses occasions de déployer leur constance et leur bravoure; ils n'éprouvaient d'autres regrets, que celui de ne pouvoir suivre le héros de la

France, pour s'illustrer sous ses yeux. J'aurais cité surtout avec charme un corps où je compte des amis, ce brave 19e léger qui, devant Saint-Sébastien, a eu tant et si long-temps à souffrir de son inaction, et a montré une résignation à toute épreuve. La gaîté qui, chez les Français, est inséparable du courage, adoucissait les ennuis de leur position. Je me rappelle toujours avec plaisir une réponse que fit le général Ricart au gouverneur de Saint-Sébastien qui, ayant dans sa garnison des soldats malades, fit demander des sang-sues aux Français. « Répondez-lui de ma part, dit aussitôt le général, que si ses soldats ont trop de sang, les Français sauront bien le leur tirer sans le secours des sang-sues. »

NOTE 16, PAGE 69.

Et ces globes d'airain, messagers du trépas,
Qui font mugir les airs en menaçant sa tête,
Ne font point chanceler ses pas.

Le Prince, visitant les travaux, le 28 septembre, devant Cadix, avec un nombreux état-major, voulut tout voir, jusqu'à la batterie la plus avancée. L'ennemi qui l'aperçut, dirigea sur ce point une grêle de boulets; l'un d'eux, ayant frappé un parapet à deux pieds de la tête de Monseigneur, il fut tout couvert de poussière; le prince de Carignan et les autres généraux poussèrent un cri; mais le héros, sans se déconcerter, leur dit gaîment : « Si ce boulet m'eût emporté, je serais mort en bonne compagnie et à la française. »

Ces mots rappellent Louis XVIII à Dillingen, lorsque, blessé au péricrane par une balle, il répondit à MM. d'Avaray et de Grammont qui lui prodiguaient des secours : « Quelques lignes plus bas, le Roi de France s'appelait Charles X. »

NOTE 17, PAGE 73.

Mais du Roi libre enfin la nouvelle semée
Répand un bonheur pur dans l'Espagne charmée.

Si, depuis la rentrée du Prince généralissime, l'état des choses a changé dans la Péninsule; si de sombres nuages sont venus ternir l'éclat des beaux jours qui brillaient sur cet infortuné pays; cela tient à des causes totalement indépendantes de la noble et sage conduite du héros pacificateur, et tout-à-fait étrangères à la gloire de nos armes, que rien ne saurait ternir : ces causes, l'étude de la politique des cabinets de l'Europe pourrait en donner le secret.

Tandis qu'on réimprime cette dernière note, je lis dans un discours tout récent d'un ministre français, deux phrases qui se lient tellement à mon sujet que je ne saurais m'empêcher de les citer :

« Quels qu'aient été les résultats de la guerre d'Es-
« pagne, on ne saurait avec bonne foi en mécon-
« naître les véritables motifs. Pour arracher Ferdinand
« aux dangers dont il était environné, et qui sem-
« blaient menacer plus que sa liberté; pour briser ses
« fers, pour le replacer sur son trône, le Roi, son
« oncle, n'avait pas besoin d'être excité par des in-
« fluences étrangères. . . . .

« Si les résultats de notre généreuse intervention
« n'ont pas complètement réalisé les espérances que
« nous avions droit d'en concevoir, du moins une
« gloire éclatante et sans tache, s'est pour jamais at-
« tachée au nom de l'illustre chef de cette armée dans
« qui l'Espagne a reconnu un petit-fils de Louis XIV;
« chaque soldat a eu sa part de cette gloire; et fidèle
« à son ancienne destinée, le drapeau blanc a de nou-
« veau montré à nos armes le chemin de la victoire et
« de l'honneur. Si ce sont encore là, Messieurs, les
« seules compensations de nos sacrifices, peut-être
« pour des Français ne sont-elles pas sans valeur. »

(Discours de M. de La Féronays à la chambre des Pairs le . . . juin 1828.)

FIN.

www.ingramcontent.com/pod-product-compliance
Ingram Content Group UK Ltd.
Pitfield, Milton Keynes, MK11 3LW, UK
UKHW021211220726
13924UKWH00003B/1469